Rus bala

COLEÇÃO
polyphonia

Dados Internacionais de Catalogação na Publicação (CIP)
(Câmara Brasileira do Livro, SP, Brasil)

Djabbarova, Egana

Rus bala / Egana Djabbarova ; [tradução Maria Vragova , Prisca Agustoni]. -- 1. ed. -- Belo Horizonte, MG : Ars et Vita, 2024.

Título original: Rus bala

ISBN 978-85-66122-22-0

1. Poesia russa I. Título.

24-225805 CDD-891.7

Índices para catálogo sistemático:

1. Poesia : Literatura russa 891.7

Aline Graziele Benitez - Bibliotecária - CRB-1/3129

ISBN 978-85-66122-22-0

9 788566 122220

1ª Edição - **2024**

Egana Djabbarova

Rus bala

Posfácio
Maria Vragova

Tradução
Maria Vragova e Prisca Agustoni

ARS et VITA

I
bədən[1]

1 С азербайджанского «тело».
"Corpo", em azerbaijano. (N. da T.)

I

bədən[1]

1 С азербайджанского «тело».
"Corpo", em azerbaijano. (N. da T.)

на любой азербайджанской свадьбе
ты должна уметь танцевать
красиво двигать руками
нежно двигать руками
божественно двигать руками
как тонкие изящные животные
но я не умею
я не умею так танцевать
меня тянет на танцпол
тётя, неизвестная невеста и двоюродная сестра
но я не хочу, я не умею
мне стыдно

моя одноклассница в восьмом классе
спросила, почему у меня такие волосатые руки
у неё были белые руки,
на которых не было видно
ни одного волоска
мне казалось, что я ненормальная
и тогда я взяла в руки
бритву отца
отцовская бритва сделала меня полноценным членом общества
абсолютно нормальной

у первой моей несчастливой любви
были белые руки
нежные фарфоровые
усыпанные красными родинками
мы сидим в ресторане
я бесконечно натягиваю рукава

у второй моей несчастной любви

em todo casamento azerbaijano
você deve saber dançar
mover graciosamente os braços
mover suavemente os braços
mover divinamente os braços
como animais delicados e graciosos
mas eu não sei,
não sei dançar assim,
me arrastam para a pista de baile
uma tia, uma noiva desconhecida e uma prima
mas eu não quero, eu não sei fazê-lo
me envergonho

minha colega da oitava série
me perguntou por que tinha os braços tão peludos
seus braços eram brancos
neles não se via
pelo nenhum
eu me achava anormal
então peguei nas mãos
a navalha do meu pai
a navalha paterna fez-me membro idôneo à sociedade
absolutamente normal

o meu primeiro amor infeliz
tinha os braços brancos
de delicada porcelana
cobertos de pintas vermelhas
estamos sentadas no restaurante
eu puxo as mangas sem parar

o meu segundo amor infeliz

были белые фарфоровые руки
всегда ускользоающие
они сливались с миром
белым как страница любой книги
почему-то всегда белая

у моей коллеги
у моей преподавательницы
у моей знакомой
у полицейского грубо помыкающего мигранта
у всех у них были белые руки,
не умеющие танцевать.

tinha os braços brancos de porcelana
sempre fugazes
fundiam-se com o mundo
branco como a página de um livro qualquer,
por algum motivo sempre branca

minha colega
minha professora
minha conhecida
o policial que maltratava grosseiramente um migrante
todos eles tinham braços brancos
incapazes de dançar.

в детстве, когда я смотрела в зеркало,
я мечтала, что у меня будут голубые глаза,
голубые-красивые глаза, как у одноклассниц,
а не карие-обычные

я помню, как обрадовалась,
когда посмотрела на свое зареванное лицо
и заметила, что карие глаза немного светлее,
переливаются медовым и зеленоватым
я красила волосы хной,
затем краской,
мне хотелось их осветлить,
мне казалось, что тогда я буду красивой,
тогда я буду нравиться людям,
я буду лучше, чем сейчас

летом,
когда я бродила по бакинским улицам,
вокруг меня было очень много женщин
с осветленными волосами,
периодически были видны предательски отрастающие
черные корни
настоящих волос

всем хотелось быть светлее,
быть белее,
стать блондинками,
уничтожить черные корни волос
осветлить их, как только они начнут предавать
отрастать

даже мне этого хотелось.

na infância, ao me olhar no espelho,
sonhava em ter olhos azuis,
belos olhos azuis, como as colegas de classe,
e não os castanhos de sempre

recordo minha alegria
ao olhar para meu rosto cheio de lágrimas
e notar que os olhos castanhos eram um pouco mais claros,
reluziam a cor de mel e esverdeado
eu tingia os cabelos com hena,
depois com tinta,
queria clareá-los,
achava que assim me tornaria bonita,
e as pessoas gostariam de mim,
eu seria melhor do que agora

no verão,
quando vagueava pelas ruas de Baku,
ao meu redor haviam muitas mulheres
com os cabelos clareados,
periodicamente se viam as raízes pretas do cabelo original
crescendo, traiçoeiras

todas queriam ser mais claras,
mais brancas,
se tornarem loiras,
eliminar as raízes pretas dos cabelos
clareá-las logo que elas começassem a trair
a crescer

até eu quis.

первый крем, который мне подарила мама,
был белоснежный крем Nivea
со странным, ни на что не похожим запахом
с мягкой текстурой
я мазала им лицо,
тогда оно будет красивым,
вечно молодым,
светлым и настоящим

сейчас я крашу волосы в черный
в иссиня-чёрный
самый темный цвет из всех возможных
мне больше не хочется голубые глаза
мне больше не хочется ничего осветлять
нужно обязательно рассказать будущим детям,
что черный это красиво.

o primeiro creme que mamãe me deu
foi um creme Nivea branco como a neve
com um cheiro estranho, não semelhante a nada
com textura suave
eu o passava no rosto
que ficaria assim bonito,
eternamente jovem,
claro e autêntico

agora eu tinjo os cabelos de preto
de um preto azulado
a cor mais escura possível
não quero mais os olhos azuis
não quero mais clarear nada
se faz urgente contar para os filhos futuros
que o preto é bonito.

Нине

случайная женщина оголяет живот
показывает шрамы от ножевых
говорит: *в этой стране за правду убьют*
туда ночами не ходи
всё самое нужное прячь за спину
всё самое важное никому не говори

случайная женщина рассказывает, как
потеряла двух детей ещё в утробе,
как бросил муж, как пыталась выпрыгнуть из окна,
психоаналитик посоветовал много говорить
бросить курить, поплакать

близкая подруга периодически плачет,
мы обсуждаем, как постареем вместе,
построим дом, посадим деревья,
научимся жить в темноте

мать, пожирающая собственную дочь,
ложится в кровать, призывает детей в
колыбель для мёртвых:
в утробу

в орнамент восточного ковра
на полу бабушкиного дома
стучат предки в крышку гроба твоего
открывайте.

para Nina

uma mulher qualquer mostra o ventre
exibe as cicatrizes das facadas
diz: *neste país matam por falar a verdade*
não vá lá à noite
esconda atrás das costas o indispensável
não fale para ninguém o essencial

uma mulher qualquer conta
como perdeu duas crianças ainda no ventre,
como o marido a deixou, como tentou pular da janela
o psicanalista aconselhou-a a falar muito
a parar de fumar, a chorar um pouco

uma amiga íntima às vezes chora,
discutimos como envelheceremos juntas
construiremos uma casa, plantaremos árvores
aprenderemos a viver na escuridão

a mãe que devora a própria filha
deita na cama, chama as crianças
para o berço dos mortos:
o ventre

no desenho do tapete oriental
sobre o chão da casa da vovó
os antepassados batem na tampa do seu caixão
abram.

II
ata[1]

1 С азербайджанского «папа».
“Papai”, em azerbaijano. (N. da T.)

II

Ata[1]

1 С азербайджанского «папа».
"Papai", em azerbaijano. (N. da T.)

ты когда-то уехал в Россию,
чтобы обратить бедность и гладкие придорожные камни
в будущее своих родителей:
оба они умерли без тебя

одинокими и напуганными свидетелями горной войны

ты говоришь:
возвращайся домой, слушай папу
ты начал видеть сходство во мне
в моем сиротливом одиночестве прошлого и будущего
трудового мигранта

что сказать тебе, папа,
деньги нельзя обменять на потраченное время
они приносят вместе с собой
холодную кровать,
одинокий приём пищи,
родительскую старость,
слова сериальных персонажей,
болезни детей, кошек и собак,
очертания настоящих друзей в экране ноутбука,
тревоги любимых людей в голосовых сообщениях

um dia você partiu para a Rússia,
para transformar a pobreza e as pedras lisas da estrada
no futuro dos seus pais:
ambos morreram sem você

testemunhas solitárias e assustadas de uma guerra nas
montanhas

você diz:
volte para casa, escute o seu pai
você começou a ver semelhança em mim
na minha solidão órfã de trabalhador migrante passado e
futuro

o que posso te dizer, papai,
não se pode trocar o dinheiro pelo tempo gasto,
ele traz consigo
um leito frio,
uma refeição solitária,
a velhice dos pais,
as palavras dos personagens de novela,
as doenças dos filhos, de gatos e cães,
os contornos dos amigos verdadeiros na tela do notebook,
a aflição das pessoas amadas nas mensagens de voz

ревность передается нам по наследству
как сакральная деревянная коробка,
обернутая в черную бархатную ткань,
как Кааба,
как цвет глаз, как запах кожи,
как холодные пальцы времени на плечах,
тянет вниз к горным камням Зангелана

белые виски отца холодные,
как трупы новорожденных в больничном холодильнике,
смотрят на тебя белыми ликами пяток,
завернутые в историю их рождений.

можно ли винить его за тяжкое бремя наследства,
за цементный генофонд
из ревности и злости,
из красных жилок злых глаз,
из сжатых кулаков

его отец бил его мать,
теперь он бьет мою мать,
теперь он душит их тишину
своим криком

ему страшно,
его наследство в виде детей
пропало, обанкротилось,
опустело и оставило только
острые края открытых консервных банок

o ciúme nos é transmitido por herança
como uma caixa sagrada de madeira,
envolta em um tecido preto de veludo,
como a Caaba*,
como a cor dos olhos, como o odor da pele,
como os dedos frios do tempo nos ombros,
puxa rumo às pedras montanhosas de Zangilan**

as têmporas brancas do pai, frias
como os cadáveres dos recém-nascidos na geladeira hospitalar,
olham para você com as faces brancas dos calcanhares,
envoltos na história dos seus nascimentos.

é possível culpá-lo pelo fardo pesado da herança,
pelo patrimônio genético, duro como cimento
de ciúme e cólera,
de vênulas vermelhas nos olhos raivosos,
de punhos cerrados

seu pai batia na sua mãe
agora ele bate na minha mãe
agora ele sufoca o silêncio deles
com seu grito

ele está assustado
sua herança em forma de filhos
desapareceu, faliu,
esvaziou-se e deixou somente
as pontas agudas das latas abertas de conserva

---

* Edifício no centro da mesquita mais importante do Islã, a Masjid al-Haram, em Meca, na Arábia Saudita. Por vezes referida como a Caaba Honrada (*al-Ka'bah al-Musharrafah*), é considerado pelos muçulmanos o local mais sagrado do Islã. (N. da T.)

** Cidade localizada no sul do Azerbaijão. (N. da T.)

на тебя смотрят болезни твоих детей,
их срок годности каждый день стирается от натиска пальцев,
ты хоронишь полурусского сына,
ты хоронишь сестру,
ты хоронишь свой язык
и оплакиваешь их по-русски
медицинским спиртом

омываешь надгробный камень
моей чести
и твоей совести
грустно смотришь на проезжающие вдаль поезда.

olham para você as doenças dos seus filhos
seu prazo de validade é apagado cada dia pelo ímpeto dos dedos
você enterra o filho meio russo
você enterra a irmã
você enterra sua língua
e chora por eles à russa
com álcool isopropílico

você lava a lápide tumular
de minha honra
e de sua consciência
você olha tristemente os trens que vão para longe.

мой отец никогда меня не слушал
когда я пыталась объяснить ему, кто я,
когда просила, чтобы он не обижал маму,
когда умоляла отпустить меня на свободу

холодные руки продавщицы магнита
большие куски льда вдоль крыши
прохлада щекочет нервы и кожу шеи
покалывает нога от напряжения

мама присылает фотоотчеты
документы от врача и всякое такое
тугоухость 4 степени
ничего не слышит

он больше ничего не слышит
по-настоящему

в детстве ты идешь в городскую поликлинику,
тебя ведет туда мама
сдать анализы
сходить к врачу

холодное пиво и чипсы
ужин взрослого человека
ты стал взрослым,
а это значит:
ты ведешь маму в больницу,
ты ведешь папу под ручку,
тебе снится, как ты водишь машину сестры
слишком быстро и невероятно страшно.

meu pai nunca me escutava
quando tentava lhe explicar quem sou,
quando pedia para que não ofendesse a mamãe,
quando o implorava para que eu fosse livre

as mãos frias de uma vendedora do magnit*
os grandes pedaços de gelo sobre o telhado
o frescor belisca os nervos e a pele do pescoço
a perna formiga de tensão

mamãe envia relatórios fotográficos
documentos do médico e coisas do tipo
surdez de 4º grau
não escuta nada

ele não escuta mais nada
de verdade

na infância você vai à policlínica da cidade
sua mãe leva você lá
para fazer exames
para ir ao médico

cerveja fria e batata chips
o jantar de um adulto
você se tornou adulto
e isto significa
que você leva a mamãe para o hospital
você leva o papai pelas mãos
em sonho, se vê dirigindo o carro da irmã
em velocidade excessiva e de forma assustadora.

---
* Rede de supermercados presente em diversas cidades da Rússia. (N. da T.)

папа стоит в бездушном контейнере
день и ночь, 24 часа в сутки
он продает железо,
холодное, мертвое железо
он таскает его на своих плечах
у него болят ноги,
болит спина
он зарабатывает деньги
для нас,
чтобы все у нас было
он больше ничего не слышит
не слышит
как я говорю
я люблю тебя

papai permanece no contêiner sem alma
dia e noite, 24 horas por dia
vende ferro
ferro gélido e morto
ele o carrega nos ombros
lhe doem as pernas
lhe doem as costas
ele ganha dinheiro
para nós
para que tenhamos tudo
ele não escuta mais nada
não escuta
quando eu falo
eu te amo

с чего начать этот текст?
с долгого, мучительного,
физически ощущаемого сглатывания слюны,
с осязания собственных губ,
неспособных открыть рот и сказать:
ра-зо-ча-ро-ва-ние

между вечером и утром расположен
каменный пляж,
острая скользкая галька не даёт встать,
а волны попеременно стенают
rus balasi *
*atanin balasi***

всматриваюсь в горизонт,
а там вместо солнца маленькая я,
сижу на плечах у отца.
мне страшно и нестрашно одновременно:
страшно, потому что ему тяжело
нестрашно, потому что я не упаду

вместо луны застолье
круглый семейный стол,
хочется обязательно сказать что-то умное,
чтобы папа и мама не забыли, что я есть,
я говорю глупость, и все смеются

внутреннее тепло, топливо из любви льётся внутри
можно быть не очень умным, но ты все равно
atanin balasi

---

* С азербайджанского «русский ребенок».

** С азербайджанского «папина дочка», «папин ребенок».

por onde começar este texto?
pela longa, torturante
deglutição da saliva, fisicamente perceptível
pelo toque dos próprios lábios
incapazes de abrir a boca e dizer:
de-si-lu-são

entre a noite e o dia está
a praia de pedras
o cascalho afiado e escorregadio não permite levantar
as ondas gemem em turnos
rus balasi*
*atanin balasi***

fito o horizonte
mas lá, no lugar do sol, estou eu, pequena
assento nos ombros do pai.
tenho medo e ao mesmo tempo não tenho medo:
tenho medo porque é pesado para ele
não tenho medo porque não cairei

no lugar da lua há um banquete
uma mesa redonda de família
quero necessariamente dizer algo inteligente
para que papai e mamãe não esqueçam que existo
digo uma besteira e todos riem

um calor interno, dentro escorre o combustível do amor
pode não ser muito inteligente, mas você continua sendo
atanin balasi

---

* "Criança russa", em azerbaijano. (N. da T.)
** "Filha do papai", "Criança do papai", em azerbaijano. (N. da T.)

между вечером и утром прячется маяк:
там вся стена увешена дипломами и оценками из
дневника
только пять и четыре
слышу сверху,
как отец говорит по телефону,
рассказывает про умную дочь
и много смеётся
atanin balasi

поднимаюсь наверх,
пустота, только свет превращается в воду
затем в стекло.
это я в отражении собрала чемодан и ушла
и вечно ухожу
папа ничего не говорит
папа ничего не говорит
папа сказал только
rus balasi

entre a noite e o dia esconde-se o farol:
lá toda a parede está coberta de diplomas e notas de caderno
somente dez e nove
escuto lá de cima
que papai fala por telefone
ele conta da filha inteligente
e ri muito
atanin balasi

eu subo
o vazio, só a luz se transforma em água
depois em vidro.
no reflexo, sou eu que fiz a mala e parti
parto eternamente
papai não diz nada
papai não diz nada
papai disse apenas
rus balasi

III
aksent[1]

1 С азербайджанского «акцент».
"Sotaque" , em azerbaijano. (N. da T.)

III

aksent[1]

1 С азербайджанского «акцент».
"Sotaque", em azerbaijano. (N. da T.)

гёз мунджук

в нашем доме над входной дверью всегда висел
гёз мунджук
большой синий круг с маленьким чёрным зрачком
защищал ещё в детстве
мама подкалывала булавку с маленьким глазиком снаружи,
приговаривая
*pis gözlər partlasın**
*bismillahi rahmani rahim***

густые клубы узерлика забивают рот и уши
странный, приятный запах
беспамятства и не нахождений
запах неведомой защиты и дома

в доме моей тёти
в доме моего дедушки
в магазине отца
в случайной лавке старого города
повсюду смотрят на нас одиночные синие глаза.

ходжа говорит, что это око сатаны,
голубые глаза иноверцев и чужих
безумная женщина на тайбэйской улице
подозревает всех носителей голубых глаз в том, что они
гой,
в их телах больше нет живых, только мёртвые
обитают, как птицы,
чирикают над рекой императорского дворца

---

* С азербайджанского «Пусть лопнут злые глаза»
** Бисмиляхи Рахмани Рахим – начало каждой суры Корана.

göz muncuqu*

na nossa casa à porta de entrada sempre havia pendurado um
göz muncuqu
um grande círculo azul com uma pequena pupila preta
protegia-nos já na infância
mamãe prendia um alfinete com um pequeno olhinho para fora,
pronunciando
*pis gözlər partlasın***
*bismillahi rahmani rahım****

o denso fumo da harmala**** enche a boca e as orelhas
um cheiro estranho, agradável
de esquecimento e não de descoberta
o cheiro de defesa misteriosa e de casa

na casa da minha tia
na casa do meu vovô
na loja do meu pai
numa mercearia qualquer da cidade antiga
em todo lugar nos vigiam olhos azuis solitários.

coja diz que é o olho de satã
olhos azuis dos infiéis e dos estrangeiros
uma mulher louca na rua de Taipé
suspeita que são *goys* todos os que têm olhos azuis
em seus corpos não há mais vivos, somente os mortos
habitam, como pássaros,
sussurrando sobre o rio do palácio imperial

---

* Amuleto que se destina a proteger contra o mau-olhado, muito popular na Turquia, onde é visto em escritórios, residências e veículos, assim como em joias. No Brasil, é também conhecido como Olho turco e Olho grego. (N. da T.)
** Que explodam os olhos malvados, em azerbaijano. (N. da T.)
*** Em nome de Deus, o Clemente, o Misericordioso (bismi-llāhi r-ra-māni r-ra-īm). A frase abre todas as suras do Alcorão e é usada em diversos contextos na vida de um muçulmano. (N. da T.)
**** Planta da família Nitrariaceae, nativa da região Mediterrânea oriental. (N. da T.)

помнишь, как первое, что я сделала, повесила
гёз мунджук у нас дома
откуда он к нам попал?
то ли мы, то ли друзья привезли из Стамбула
он висит в прихожей вместе с одеждой, преданиями и
сказками наших тел
(с арабского это слово означает смотреть внутрь,
смотреть в глубину)

говорят, что дочь пророка Фатима дала подобный амулет
жениху в долгую дорогу,
и он вернулся домой живым
я взяла с собой только длинные мелкие чётки с двойной
кисточкой на конце,
кажется, это четки деда,
сначала были у него на кровати,
потом в кармане мёртвого дяди,
теперь у меня рядом с кроватью
зачем нужны вещи без людей,
которые наделяют их смыслом,
которые передают послание?

в музее императорского дворца нет гёз мунджука,
но он есть в турецких ресторанах Şafranbolu и İzmir,
встречает своим одиноким оком одиноких турецких
жителей
в музее императорского дворца предметы спрашивают
меня,
зачем нужны люди без вещей,
вещи живут дольше любого глупца

você se lembra, a primeira coisa que fiz foi pendurar
o göz muncuqu na nossa casa
de onde ele chegou até nós?
fomos nós ou os amigos que o trouxeram de Istambul
está pendurado na entrada junto à roupa, às lendas e
aos contos dos nossos corpos
(traduzida do árabe esta palavra significa olhar para dentro,
olhar para o abismo)

Fátima, filha do profeta, deu um amuleto igual ao seu noivo
para a longa viagem,
dizem, e ele voltou para casa vivo
eu trouxe comigo apenas o rosário longo e ínfimo
com um laço duplo no final
parece que foi o rosário do avô
antes estava sobre sua cama,
depois no bolso do tio morto,
agora está ao lado da minha cama
para que servem os objetos sem as pessoas
que lhes dão um sentido
que transmitem um recado?

no museu do palácio imperial não há göz muncuqu
mas ele está nos restaurantes turcos Şafranbolu e İzmir,
acolhe com o seu olho solitário os habitantes turcos solitários
no museu do palácio imperial os objetos me perguntam
para que servem as pessoas sem coisas,
as coisas vivem mais do que qualquer tolo

в маленьком магазине рядом с кампусом университета
я увидела ловец снов
полностью из гёз мунджука, поначалу я не поверила
своим глазам,
вернулась проверить ещё раз: все ещё висит,
подумала: может купить, чтобы не сглазили,
чтобы вернуться живой домой,
чтобы оставить после себя в маленькой комнате
крошечную память о своем существовании

na pequena loja ao lado do campus universitário
eu vi um caçador de sonhos
feito completamente de göz muncuqu, no início não acreditei
nos meus olhos
voltei para verificar uma vez mais: ele ainda estava pendurado,
pensei: será que compro para evitar o mau-olhado,
para regressar viva para casa
para deixar, depois de mim, em meu pequeno quarto
uma minúscula lembrança de minha existência

деталь фабричного производства
(как оказалось, непригодная для функциональных целей,
но и не подлежащая утилизации)
чересчур откровенная,
как спадающая бретелька на плече секретаря заседания,
юная, а, наверное, потому ненавистная не белая женщина,
почему-то говорит о русской литературе,
присваивает себе нерусской русскую литературу,
приватизирует маленькую комнату в общежитии науки,
удивляется огромной коммуналке,
готовит на общей кухне и собирается спать в 2 ночи,
как некогда ее нерусская мать
приватизировала комнату медицинского общежития
и говорила:
*ай, bala**, *все тебя будут обижать.*

---

* С азербайджанского «ребенок».

um detalhe de fabricação
(que mostrou-se inapto para fins funcionais,
assim como para a reutilização)
demasiadamente exposto,
como a alça caída no ombro da secretária da reunião,
jovem e provavelmente por isso odiada, a mulher não branca
por alguma razão fala de literatura russa,
apropria-se da literatura russa não sendo russa,
privatiza um pequeno quarto no alojamento científico,
se surpreende com a grande *kommunalka**,
prepara comida na cozinha comum e vai dormir às 2 da manhã,
como outrora a sua mãe não russa
privatizou o quarto do alojamento médico e disse:
*ah, bala***, *todos te ofenderão.*

---

* Termo criado na União Soviética para descrever apartamentos comunais, forma predominante de habitação no país durante muitas gerações. Na década de 1920, para abrigar a população desamparada, grandes palácios e casas da aristocracia russa foram expropriadas. Nos apartamentos comunais, cada família dispunha de um quarto, o qual servia frequentemente também de sala de estar, sala de jantar e quarto para toda a família. O uso dos corredores, cozinha e banheiro era compartilhado. (N. da T.)

** "Criança", em azerbaijano. (N. da T.)

Магриб

но солнце зашло
и оказалось, что нет ни тел, ни имен
только постукивание четок,
ненавязчиво свисающих с железной кровати деда,
напротив его лица
только звуки ночных ласточек,
ломающих хрупкие косточки о суровые стены чердака,
только вкус деревенского хачапури
прямиком из рук случайной женщины
только холодная холодная река.

Magrib*

mas o sol se pôs
e revelou-se que não há corpos nem nomes
apenas o batimento do rosário
pendurado discretamente na cama de ferro do vovô
na frente do seu rosto
apenas o som das andorinhas noturnas
quebrando os frágeis ossos contra os muros severos do sótão
apenas o gosto do *khatchapuri*** caseiro
direto das mãos de uma mulher qualquer
apenas um rio frio.

---

* Oração vespertina, praticada após o pôr do sol no Islã. (N. da T.)
** Prato tradicional da cozinha georgiana. (N. da T.)

мама смеётся хаха
папа смеётся хаха
ты так смешно говоришь по-азербайджански

ты неправильно произносишь слова
у тебя ужасный акцент
ртутного цвета пятно посреди твоего рта
ты говоришь, а из рта твоего падают ртутные шарики
рассыпаются и отравляют мир вокруг

помнишь, сестра,
как мы разбили градусник
и спрятали странные зелёные шарики под диван,
чтобы никто никогда не заметил,

чтобы никто никогда не узнал о нашей ошибке.
спрятались под одеяло и притворялись, что спим,
ртутные шарики обнимаются с полом
целуют нас в губы,
неприлично, неправильно

мама говорит: *надо знать свой язык*
папа говорит: *вы совсем орусели,*
если бы я не приехал в эту страну,
у меня были бы нормальные дети,
выросли бы нормальные дети

помнишь, сестра,
как было стыдно,
что мы орусевшие дети,
которые выросли на чужой земле,
что мы *rus bala, rus bala*

mamãe está rindo, ah! ah!
papai está rindo, ah! ah!
você soa tão engraçada em azerbaijano

você não pronuncia certo as palavras
você tem um sotaque terrível
há uma mancha de mercúrio no meio da sua boca
você fala, e da sua boca caem as bolinhas de mercúrio
espalham-se e envenenam o mundo ao redor

você se lembra, irmã,
como quebramos o termômetro
e escondemos as estranhas bolinhas verdes debaixo do sofá
para que ninguém nunca reparasse

para que ninguém nunca descobrisse nosso erro.
nos escondemos sob o cobertor e fingimos dormir
as bolinhas de mercúrio abraçavam o chão
beijavam-nos os lábios
indecentemente, inapropriadamente

mamãe fala: *é preciso conhecer a própria língua*
papai fala: *vocês se russificaram por completo*
se eu não tivesse chegado neste país,
teria filhos normais,
cresceriam crianças normais

você se lembra, irmã,
como nos envergonhávamos
de sermos crianças russificadas
crescidas em terra estrangeira
de sermos *rus bala, rus bala*

ata-can[*], сможешь ли ты когда-нибудь простить меня,
принять приёмных детей в свою семью,
постелешь нам спать на полу?
водителю маршрутки говорят:
говорите по-русски, вы вообще-то в России
я сижу в хвосте маршрутки и читаю Коран,
на меня постоянно оборачивается женщина
я для неё как ртутные шарики внутривенно
она хочет сказать мне
вы вообще-то в России, но я уже выхожу

вы пишете как-то не по-русски - говорит мне К,
извините, пожалуйста, я больше не
я по-другому не могу,
извините, К, я по-русски не умею

выхожу на этой улице
иду до общаги, в ней живут хорошие дочери и плохие
в ней живут орусевшие дети и их грустные родители
в ней живёт выходившая меня грузинка Нино,
мы держимся за руки и образуем цепь,
мы цепочка ртутных шариков,
хрупких и не *ядовитых.*

---
* С азербайджанского «папа, душа моя».

*ata-can**, poderá você um dia me perdoar
aceitar crianças adotadas em sua família
estender-nos a cama no chão?
dizem ao motorista da van:
fale russo, você está na Rússia
eu estou sentada no fundo da van e leio o Corão
uma mulher se retorna constantemente em minha direção
eu sou para ela como as bolinhas intravenosas de mercúrio
ela quer me dizer
você está na Rússia, mas eu já estou descendo

a maneira como você escreve não é bem russo – me diz K,
me desculpe, por favor, eu não vou mais
eu não posso fazer de outra forma
desculpe, K, eu não sei em russo

desço nesta rua,
vou ao alojamento onde moram filhas boas e más
onde moram as crianças russificadas e seus tristes pais
onde mora a georgiana Nino que cuidou de mim
nos seguramos pelas mãos e formamos uma corrente,
somos uma corrente de bolinhas de mercúrio,
frágeis e nada venenosas.

---
* Papai, minha alma, em azerbaijano. (N. da T.)

каждый раз, когда кто-то кричит
на кондуктора автобуса:
выучили бы русский
я испытываю странное ощущение:
смесь злости и стеснения
неудобство и чувство вины,
хотя я преподаю русский как иностранный

когда охранник говорит мне:
импортных обижать нельзя
по отношению к европейцам
я понимаю, что азиатов обижать можно
и становится грустно, хочется куда-то
улетать, возвращаться на мистическую родину,
где ты как кусок свинины на столе мусульманина

каждый раз, когда мама говорит мне:
но ты поаккуратней,
а то нас же обидеть легко
я вспоминаю цветаевское вечное
верное:
под людским гневом ходим
и становится понятно.

toda vez quando alguém grita
para o cobrador do ônibus:
aprenda russo
eu tenho uma sensação estranha:
uma mistura de raiva e constrangimento
incômodo e sentimento de culpa
apesar de ensinar russo como língua estrangeira

quando um segurança me diz:
é proibido ofender os importados
referindo-se aos europeus
eu entendo que é permitido ofender os asiáticos
entristeço, quero voar
sei lá para onde, voltar à pátria mítica
onde você é como um pedaço de carne de porco na mesa muçulmana

cada vez que a mamãe me diz:
seja cuidadosa
pois é fácil nos ofender
eu me lembro das eternas palavras
certeiras de Tsvetáieva:
caminhamos sob a raiva humana*
e tudo torna-se compreensível.

---

* Excerto do ensaio O chinês (1934), da poeta russa Marina Tsvetáieva (1892 - 1941). (N. da T.)

за привычными очертаниями белого мела,
обозначающего слово **дом**, прячется новый запах:
сырости
сладкого теста
машинного масла
редкого табака
холодного зеленого чая
вонючего тофу
гнилых овощей

скажи мне, пожалуйста, что-нибудь на английском,
русском, турецком:
хочу распознать сказанное, расшифровать смысл,
не подорваться на незнании
зной сменяется ливнем, потому что так положено в этом месте,
выходишь, незамедлительно распознаешься как
инородное тело,
спотыкаешься о мир, становишься поперек горла,
мимикрируешь под здание
сколько не мой обиталище, в нем все равно найдутся
ящерицы и пауки:
это их комнаты, напоминание азиатского бога,
то ли хозяйка медной горы подглядывает за сбежавшими,
то ли драконы лижут языками стены и оставляют трещины,
ходишь в черных туфлях с фениксом с одной стороны и с
драконом с другой, спрашиваешь у местных:

оберегают ли локальные боги нерезидентов страны?

por trás dos contornos familiares do giz branco
que indica a palavra **casa**, esconde-se um novo cheiro:
de umidade
de massa doce
de óleo lubrificante
de tabaco raro
de chá verde gelado
de tofu fétido
de legumes podres

diga-me, por favor, algo em inglês, em russo, em turco:
quero discernir o dito, decifrar o sentido, não explodir no desconhecido
à canícula sucede a chuva torrencial, porque assim é a ordem deste lugar,
você sai e é logo identificado como um corpo estranho,
tropeça pelo mundo, fica engasgado, imita um edifício
não sendo minha morada, nela mesmo assim há lagartixas e aranhas:
são os seus quartos, lembrando um deus asiático,
ora a dona da montanha de cobre* espia os foragidos,
ora os dragões lambem as paredes com as línguas deixando frestas
você anda em sapatos pretos de fênix em um pé
e de dragão no outro, e pergunta aos nativos:

os deuses locais protegem os que não residem no país?

---

* Personagem da literatura russa criada pelo escritor Pavel Bazhov (1879 - 1950), considerada a dona das montanhas Urais na Rússia. (N. da T.)

и распался горячий дом, размешанный чайной ложечкой,
растворились от горечи книги, ковры, шкафы,
и теперь чужие люди ходят внутри
твоей бывшей обители
что тут расскажешь?

это пахнет как смесь керосина и чеснока
как трехдневный пот от нестираной рубашки
как чужая еда из приоткрытого окна
ноет дом
словно отсутствующая рука
кормилицы

темные брови чужих земель нависают над каждым сном
это мне несут сладковатый пучок травы:
мне в нем чудится то же самое, что всегда
прихожая, книжный шкаф и зеркала

закрой дверь,
может так не повернется ключ исторических событий?

не хочу открывать глаза,
здесь всегда песок
забивается в обувь
и застревает в легких
каждый день мне приходят письма
и вновь и вновь
я не знаю, что там написано,
кровоточат

мне так хочется спать неделями и часами
чтобы всё, что болело, наутро само прошло
чтобы всё, что исчезло, вернулось на многоточие,
чтобы памяти не было или смяло ее.

quebrou-se a casa ardente, mexida pela colher de chá
da amargura, dissolveram se livros, tapetes, armários,
e agora estranhos andam no interior
de sua antiga morada
o que há para dizer?

cheira a uma mistura de querosene e alho
como o suor da camisa há três dias não lavada
como a comida alheia através da janela semiaberta
a casa geme
como a mão ausente
da ama

as sobrancelhas escuras de terras estranhas pairam
sobre todos os sonhosme trazem um feixe de grama adocicado
nele vislumbro o de sempre:
a antessala, o armário de livros e espelhos

feche a porta,
talvez assim a chave dos fatos históricos não virará?

não quero abrir os olhos
aqui a areia
entra sempre no sapato
fica presa nos pulmões
cada dia chegam cartas para mim
de novo e de novo
não sei o que está escrito nelas
sangram

quero tanto dormir por semanas e horas
para que tudo o que dói suma de manhã
para que tudo o que desapareceu volte nas reticências
para que a memória não exista ou seja esmagada.

в конце каждого телефонного разговора
мать говорит мне: *Allah'a Emanet Ol*[*]
когда я еду по дороге,
похожей на тонкую бретельку лифчика,
когда апатичные волны холодного океана бьются
о мертвецки белое лицо скалы,
когда в маленьких горных переулках
призраки выливают весь запас горной воды,
когда смотритель маяка, неохотно поднимается наверх,
чтобы осветить путь кораблям своим одиночеством,
атрофировалось желание желать.

сидишь в комнате, не уверенный в том,
что за дверью не притаились шайтаны
вот тебе веревки с вечно влажной одеждой чужих,
вот тебе пустые коридоры офисных зданий,
вот тебе бездушные снаряды под елками с мертвецами,
вот тебе холодная кровать, продуваемая ветрами,
вот тебе мир, в котором не из чего больше выбирать
вот тебе незнание, остается только ожидание
мир, где нет будущего.

сжигаешь весь запас своих воспоминаний,
чтобы согреть пространство
воспоминание первое: теплый вечер,
кажется, третье свидание,
вы смотрите на закат и уже знаете,
что все закончится первым поцелуем.

воспоминание второе:
вы едете на берег местного маленького водохранилища,
чтобы искупаться голыми,
вода осудительно жалуется местному склону на ваше
бесстыдство

---
* С азербайджанского "Доверься Аллаху".

ao final de cada conversa telefônica
minha mãe me diz: *Allah'a Emanet Ol**
quando eu ando pelo caminho
similar à alça fina do sutiã
quando as ondas apáticas do oceano frio batem
no rosto branco moribundo do rochedo
quando nas pequenas travessas montanhosas
os espíritos vertem toda suas reservas de água
quando o guardião do farol sobe no topo a contragosto
para iluminar o caminho dos navios com a sua solidão
atrofiou-se o desejo de desejar.

você está sentado no quarto, sem a certeza
de que atrás da porta não se escondem os diabos
eis as cordas da roupa alheia eternamente úmida
eis os corredores vazios dos prédios de escritórios
eis os projéteis desalmados sob os pinheiros com os mortos
eis o leito frio, inflado pelos ventos
eis o mundo no qual não há nada mais a escolher
eis a ignorância, resta apenas a espera
um mundo onde não há futuro.

você queima toda a reserva de suas lembranças
para aquecer o espaço
a primeira lembrança: uma noite quente,
parece, o terceiro encontro,
vocês olham o pôr do sol e já sabem
que tudo terminará com o primeiro beijo.

a segunda lembrança:
vocês vão na margem da pequena represa local
para nadarem nuas,
a água indignada lamenta com a encosta local a imprudência
de vocês

* "Confie em Deus", em azerbaijano. (N. da T.)

воспоминание третье:
вы едете на пароме из точки красота в пункт вечная красота,
чайки целуются с ветром, подкрадываются сумерки,
приятная усталость

сколько воспоминаний должно сгореть на чужой земле,
чтобы ты не сошла с ума?

a terceira lembrança:
vocês andam na balsa do ponto da beleza ao ponto da eterna beleza
as gaivotas se beijam com o vento, surge o crepúsculo
um agradável cansaço

quantas lembranças devem arder em uma terra estrangeira
para que você não enlouqueça?

необратимая полость утраченных троп
ступни тоскуют по знаковой или знакомой земле,
хочется в тот самый год
прошлый и мирный
почти невозможный уже

там, где прозрачное нёбо безоблачно спит,
но не хоронит слова, а просто хранит,
и у хранителя ногти не пахнут землей,
он засыпает и верит, что сон неплохой

смотрим с тобой сквозь витрину
на этакий сад,
в нем, ничего никому уже не говорят,
там у плохих засыхают за день языки,
их-то мужчины и топчут как будто бычки

там возвращаются в дом все, кто дом покидал,
духи спускаются с неба к своим корешам,
режется праздничный торт
его хватит на всех
здравствуй здорово хэллоу привет

os passos anseiam pelo chão conhecido e icônico,
a cavidade das trilhas perdidas, irreversível,
quero voltar àquele mesmo ano
passado e pacífico
já quase impossível

lá onde o céu dorme límpido, especular
sem enterrar, ao contrário, guardar
as palavras, não cheiram a terra as unhas
do vigia que adormece acreditando ser bom seu sonho

olhamos através da vitrine
para uma espécie de jardim
onde já não falam nada para ninguém
lá, secam em um dia as más línguas
os homens as pisoteiam como se fossem guimbas

lá regressam todos os que abandonaram as casas
os espíritos descem dos céus até seus comparsas
o bolo da festa é cortado
será suficiente para todos
olá e aí oi hello

IV
dövlət[1]

С азербайджанского «страна».
"País", em azerbaijano. (N. da T.)

IV
dövlət[1]

[1] С азербайджанского «страна».
"País", em azerbaijano. (N. da T.)

вы продаёте цветы и живых людей
и те, и другие 6/10 недель
проводят на корабле
вы говорите ты нам ружье, а мы тебе вот _________
отсутствие местоимения
натереть пальмовым маслом,
чтобы _______ сверкал,
чтобы дешевле, чем минерал,
чтобы лошади были выносливее,
чем в тот раз,
казалось бы, корабли приплыли,
все проснулись от кровожадного сна времени и
капитализма,
но
ты читаешь
«сдам лицам
славянской наружности»,
22-летний мальчик получает срок за
gul bayrami[*]

—
[*] С азербайджанского «с праздником рабов». 10 мая – азербайджанский праздник «День цветов», к этому дню привозят сотни цветов, в том числе из-за рубежа, существует даже сорт тюльпанов «Гейдар Алиев» (отец нынешнего президента). Здесь важную роль играет языковая игра между азербайджанскими словами цветок gül и qul раб. 10 мая 22-летнему студенту Славянского института Гиясу Ибрагимову дали 10 лет за надпись на памятнике Гейдару Алиеву. В день рождения отца нынешнего президента он поменял одну букву в слове «цветы» и превратил его в слово «рабы», таким образом поздравив азербайджанцев с праздником рабов.

vocês vendem flores e pessoas vivas
ambas passam 6/10 semanas
no navio
vocês dizem, nos dê uma espingarda, e eis aqui _________
faltam pronomes
para esfregar com óleo de palma
para fazer _________ brilhar
para ser mais barato do que o mineral
para tornar os cavalos mais resistentes
do que aquela vez
parecia que os navios atracaram
todos acordaram do sono sedento de sangue do tempo e do
capitalismo,
mas
você lê
"*para alugar a pessoas*
de aparência eslava"
o rapaz de 22 anos é preso por
*gul bayrami**

---

* "Feliz dia dos escravos", em azerbaijano. No dia 10 de maio, no Azerbaijão, comemora-se o *Dia das flores*. Nesta ocasião, muitas flores são trazidas até mesmo de fora do país, existindo inclusive uma espécie de tulipa que leva o nome do ex-presidente Heydar Aliev. Neste poema, a poeta cria um importante jogo de palavras a partir das palavras azerbaijanis *gül* (flores) e *qul* (escravo). Em 10 de maio de 2016, o estudante Guias Ibraguímov foi condenado a 10 anos de prisão por ter escrito no monumento de Heydar Aliev no aniversário do ex-presidente e pai do atual presidente do Azerbaijão. Nesta ocasião, em um ato de manifestação, Ibraguímov trocou uma letra na palavra *gül* (flores), transformando-a na palavra qul (escravo), dando parabéns aos azerbaijanos pelo *Dia dos escravos*. (N. da T.)

времени не было больше
времени не было больше
времени не было больше
времени, чтобы

жить

вместо него было пусто
вместо него было густо
вместо него было чувство

тьма впереди

только сухие ветви
вместо нашего дом
только тугое слово
вместо

нашего дома

дом это просто звук
это такая штука
снится тебе и снится
бьется

там изнутри

tempo não havia mais
tempo não havia mais
tempo não havia mais
tempo para
viver

no seu lugar havia o vazio
no seu lugar havia o turvo
no seu lugar havia o afeto
escuridão à frente

somente galhos secos
no lugar da nossa casa
somente uma palavra apertada
no lugar
da nossa casa

a casa é somente um som
é tal coisa
com a qual você sonha e sonha
golpeia
lá de dentro

полгода смерти и вот живешь на вершине Тайпея в горах
дожди чаще, чем все остальное, пахнет грозой,
одинокие зрители в виде деревьев глядят на тебя
по-китайски обсуждают твое странное поведение

никого не трогай – гласит мануал
люди могут подумать что-то не то,
могут решить, что ты точно враг,
прикасаешься к их телам
отбираешь душу

твое одиночество – расплата за покинутый дом войны
сиротство объединяет других, немых,
не имеющих языка,
скитающихся и не знающих дома,
как много километров нужно проехать,
чтобы найти, где мертвые вновь обретают тела,
становятся живыми,
любимые не расстаются
родные не ссорятся?

seis meses de morte e agora você vive no topo das montanhas de Taipé
as chuvas, mais frequentes do que tudo, cheiram a tempestade
espectadores solitários com semblante de árvores olham para você
discutem em chinês sobre seu comportamento estranho

não toque em ninguém – dita a instrução
as pessoas podem pensar algo errado
podem decidir que você é realmente um inimigo
você toca em seus corpos
retira-lhes a alma

sua solidão é o castigo pela casa em guerra abandonada
a orfandade une os outros, os mudos,
os que não possuem uma língua,
errantes que não conhecem a casa,
quantos quilômetros é preciso andar
para descobrir onde os mortos encontram novamente os corpos,
se tornam vivos,
os amantes não se separam,
os familiares não brigam?

как пережить расставание с тем,
с кем расставаться не положено?
в точке необратимого одиночества пахнет жареным чесноком,
люди говорят слова, будто мяукают,
пространство сжимается до маленькой-маленькой комнаты,
в которой тебе жить целый год

помимо тебя ее населяет геккон в ожидании добычи
помимо тебя стены тоже плачут протекающим
кондиционером
весь мир — это экран ноутбука, видеозвонок,
посмотреть на свою утраченную нормальность,
на свой устоявшийся быт из точки расстояния
сколько пить воды, чтобы возместить утраченный запас
жидкости?

как пережить расставание с миром, в котором все было знакомо?
в котором не надо брать с собой гугл-карту?
в котором не надо ставить геометку, чтобы не заблудиться?
как жить, когда все, что ты знаешь, уничтожено?
как привыкнуть спать одному без кошки на теле и
дыхания любимого человека?
как привыкнуть к миру, который совсем не знает холода и не
говорит на твоем языке?

очень страшно в момент, когда еще не уснул,
но почти засыпаешь
мир обретает ясность, слишком острые углы,
непроизносимые вещи
слова встают поперек горла: убаюкивают только разговоры
людей из ютуба
где **то** стекло, что разбивают в случае острой необходимости?

como sobreviver à despedida daquele
de quem não deve-se despedir?
o ponto de solidão irreversível cheira a alho frito,
as pessoas falam palavras como miados,
o espaço comprime-se até um quarto pequeno, pequenino,
no qual você deve viver um ano inteiro

além de você, um geco se instala à espera da presa
além de você, as paredes também choram
pelo ar condicionado vazado
todos somos tela de *notebook*, chamada de vídeo
olhar de um ponto distante para a sua normalidade perdida
para o seu cotidiano estável
quanta água beber para compensar a reserva de líquido
perdida?

como sobreviver à despedida do mundo onde tudo era familiar?
onde não é preciso carregar consigo *google maps*?
onde não é preciso marcar a localização para não se perder?
como viver quando tudo o que você conhece é destruído?
como acostumar-se a dormir só, sem o gato sobre o corpo e a
respiração da pessoa amada?
como acostumar-se ao mundo que não conhece o frio e
não fala a sua língua?

é muito assustador no momento em que, acordado ainda,
está quase cochilando
o mundo ganha clareza, quinas agudas demais,
coisas impronunciáveis
as palavras ficam entaladas na garganta: ninam apenas
as conversas das pessoas no YouTube
onde fica **aquele** vidro por quebrar em caso de emergência?

даже на маленький остров холод пришёл
тонкие пальцы лианы мёрзнут под окном
крепкие ветви деревьев крошат здание на два
крепко сжимают стены
выдавливают дому глаза
мёрзнешь в маленькой комнате по ночам
кутаешь тело в ткани, а ткань мертва
ткань говорит: *спи, ночь – это длинный сон*
о любви

улица сиротливо озирается по сторонам
даже горам холодно без людей
тёмные тропы чайной горы одиноко кричат туда-сюда
зазывают ещё оставшихся в живых людей вспомнить,
что мир больше, чем человек,
что у стихии есть только рот, чтобы глотать существ
скажет дух предков вода, и начнётся дождь
он не закончится больше уже никогда
скажет дух предков холодно, и в окно
дунет морозный ветер тайфуна, его молчаливого отца

это такое место, здесь ты не значишь совсем ничего
ты только маленькая ласточка,
вылетающая из дедушкиного чердака,
он на тебя посмотрит и молча умрёт.

mesmo na pequena ilha, o frio chegou
os dedos finos do cipó congelam debaixo da janela
os galhos fortes das árvores esmigalham em dois o edifício
apertam as paredes com força
espremem os olhos da casa
você passa as noites congelando no pequeno cômodo
agasalha o corpo em panos, mas o pano está morto
o pano diz: *durma, a noite é um longo sonho*
de amor

a rua órfã olha ao redor
até as montanhas sem pessoas estão com frio
os caminhos escuros da montanha de chá gritam sozinhos
para lá e para cá
convocam os sobreviventes a se lembrarem
de que o mundo é maior do que o homem
que a natureza tem apenas uma boca para engolir os seres
o espírito dos antepassados fala água, e começa a chover
e já não acabará nunca mais
o espírito dos antepassados fala frio, e na janela
sopra o vento gelado do tufão, seu pai silencioso

aqui, nesse lugar, você não significa absolutamente nada
você é apenas uma pequena andorinha
que sai voando do sótão do avô
ele olha para você e morre em silêncio.

гамбургский блюз

я не знаю, чем живут мои соседи и почему они здесь.
только то, что они иногда едят и пьют
только их сложные имена на почтовых ящиках и лица.
и то, что у них нет дома
и у меня его больше нет.
они смотрят на меня как на чужеродный элемент
женщина в магазине спрашивает *türk müsün?*
и я ищу ответ, но на немецких полках этого товара нет

одинаковые белые стены и деревянные доски вместо полов
это не дом, не квартира, не комната
это точка обнаружения тех, кого еще вчера не было тут,
здесь нет интернета так что можно считать это детокс,
только стены железного оранжевого контейнера,
рельефы которого омывает дождь,
говорят, теперь дожди будут каждый день
словно они оплакивают нас тут

у меня совсем нет одежды для жизни здесь,
только цветастые платья, рубашки и нарядные вещи,
я не достаю их из чемодана ведь это не дом
я не на празднике, а на социальном дне,
но в журналах не рассказывают, что в этом случае носят?

я зачем-то повесила на стену гёз мунджук
словно можно сглазить того, у кого ничего нет
я думаю о том, как иронична жизнь
мой отец работает в таком, а я живу
я годами вела русский как иностранный,

blues de Hamburgo

não sei com o que vivem meus vizinhos e por que estão aqui.
somente que eles às vezes comem e bebem
somente seus nomes complicados nas caixas do correio
e seus rostos.
que eles não têm casa
e eu não a tenho mais.
eles me olham como se fosse um objeto estranho
a mulher na loja me pergunta *türk müsün?*
eu procuro a resposta, mas nas prateleiras alemãs
não há esta mercadoria

as mesmas paredes brancas e tábuas de madeira no lugar do chão
isto não é casa, não é apartamento, não é quarto
é um ponto de descobrimento daqueles que ainda ontem
não estiveram aqui,
aqui não há internet, ou seja, podemos considerar isso
como um detox,
somente as paredes do contêiner de ferro laranja
cujos relevos a chuva lava
dizem que agora choverá cada dia
como se as chuvas aqui chorassem por nós

eu não tenho roupas para a vida daqui
somente vestidos floridos, camisas e roupas elegantes
que eu não tiro da mala, pois aqui não é minha casa
não estou numa festa, mas na miséria;
nas revistas não contam o que vestir neste caso?

por alguma razão pendurei o *göz muncuqu* na parede
como se fosse possível invejar aquele que nada tem
penso em como a vida é irônica
meu pai trabalha num contêiner, e eu vivo em outro
por anos dei aulas de russo como língua estrangeira

а теперь преподавать будут мне

я думаю еще, как хочется вернуться к нормальности,
но две маленькие девочки дергают меня за руку
и просят интернет

e agora darão aulas para mim

ainda fico pensando como quero voltar para a normalidade
mas duas meninas pequenas me puxam pela mão e pedem
internet

замолчи, тссс, не высовывайся, не ходи никуда,
не пиши ничего в соцсетях,
тебе что больше всех надо?
живи спокойно, что тебе не нравится?
это вы воспитали в нас генетический страх,
вшитый как стимулятор, выпускающий ток в головной
мозг ежесекундно,
что вы скажете в своё оправдание?

это вы одевали нас в военные костюмы и заставляли
петь военные песни
это вы обещали нам мирное небо над головой и
нарушили свое обещание.
мы вам больше не верим.
вы украли наше будущее, похоронили наши мечты,
уничтожили самое важное, что у нас было
что вы скажете в своё оправдание?

я мечтала жить в доме со своими детьми,
со своей женой, в красивом приятном мире,
где все могут говорить, где всё говорит со мной
вы отрезали нам языки, выбросьте их в огонь,
пусть лучше сгорят, чем будут навечно пришиты к нёбу
что вы скажете в своё оправдание?

все мои любимые уезжают,
все мои любимые забирают с собой
места, слова, воспоминания,
вычерпывают из бака с водой остатки
что вы скажете в своё оправдание?

cala-se, psssiu, não meta o nariz, não vá para lado algum,
não escreva nada nas redes sociais
por que você precisa mais do que todos?
viva tranquila, do que você não gosta?
foram vocês que criaram em nós um medo genético
implantado como um estimulante liberador de correntes
cerebrais a cada segundo
o que vocês dizem em sua defesa?

foram vocês que nos vestiram com trajes militares e
nos obrigaram a entoar canções de guerra
foram vocês que nos prometeram um céu pacífico sobre a
cabeça e quebraram a promessa.
nós não acreditamos mais em vocês.
vocês roubaram o nosso futuro, enterraram os nossos sonhos,
destruíram o que tínhamos de mais importante
o que vocês dizem em sua defesa?

eu sonhava em morar numa casa com os meus filhos,
com a minha esposa, num mundo bonito e agradável,
onde todos poderiam falar, onde tudo falaria comigo
vocês cortaram nossas línguas, joguem-nas no fogo,
é melhor queimá-las do que tê-las eternamente pregadas no
céu da boca
o que vocês dizem em sua defesa?

todos os meus amados partem,
todos os meus amados levam consigo
lugares, palavras, lembranças,
retiram os resíduos do tanque com água
o que vocês dizem em sua defesa?

книги рассыпаются от тяжести подцензурных слов,
белое объявлено черным и всё пахнет гарью
что вы скажете в своё оправдание?

когда мы засыпаем,
говорим друг другу: *я очень тебя люблю*,
отмечаем на карте ближайшее бомбоубежище,
ловец снов нам не помогает
что вы скажете в своё оправдание?

когда кровь превращается в стыд, а паспорта хочется
разорвать
что вы скажете в своё оправдание?

время превратилось в плотную опухоль размером с
глазок,
все, кого я знаю, грустно глотают слова,
давятся ими вместо спокойного сна
что вы скажете в своё оправдание?

скажите уже хоть что-нибудь.

os livros desmancham-se com o peso das palavras censuradas,
o branco é declarado preto e tudo cheira a queimado
o que vocês dizem em sua defesa?

quando adormecemos,
falamos uma à outra: *eu te amo,*
marcamos no mapa o abrigo mais próximo
o caçador de sonhos não nos ajuda
o que vocês dizem em sua defesa?

quando o sangue se transforma em vergonha,
e queremos rasgar os passaportes
o que vocês dizem em sua defesa?

o tempo se transformou em um tumor espesso do tamanho
do olho mágico,
todos os que conheço engolem tristes as palavras,
engasgam com elas ao invés de dormirem tranquilos
o que vocês dizem em sua defesa?

digam ao menos alguma coisa.

мёртвое тело языка

опознание тела какой-то страны в ходе того,
что нельзя называть
колонизаторы принесли с собой языки, патогены,
микробы и вирусы
доставили их в сны местных жителей
прямо в кровь.

дети целуются с землёй,
выражают свою любовь к матери, к отцу,
к бабушке, к дедушке
теперь вся любовь окоченела в конечной позе
на случайной фотографии
в телефонах свидетелей
засвидетельствуйте смерть родины, языка, ребёнка
в количестве двух понятые ракеты стоят посреди улицы
скажите мне то, что нельзя говорить вслух, на ухо
оставим надежду у входа в дом родителей
жарко, как и подобает в аду.
сколько кусков ткани старости перешьют на саваны?
кого отпевают птицы в 5 утра?

ты говоришь нет больше колонизации,
повсюду независимая земля
только вирусы и животные с тобой не согласны
в их вырубленных лесах похоронены
сказки матери, сундук прабабушки,
рецепт воскресного пирога
мое тело зудит, я пытаюсь не трогать зудящие островки,
но срываюсь
и вместо зуда остаются синяки:
большие огромные, как валуны, как пустоты,
как зрачки влюблённых

o corpo morto da língua

o reconhecimento do corpo de um país em meio a algo
que não pode ser nomeado
os colonizadores trouxeram consigo línguas, patógenos,
micróbios e vírus
foram injetados no sonho dos habitantes locais
diretamente no sangue.

as crianças beijam a terra
expressam o seu amor à mãe, ao pai, à avó, ao avô
agora todo o amor anestesiou-se na pose final
de uma fotografia qualquer
nos telefones de testemunhas
testemunhe a morte da pátria, da língua, da criança
através de dois mísseis caídos como testigos no meio da rua
fale-me baixinho ao ouvido o que não pode ser dito em voz alta
deixemos a esperança na entrada da casa dos pais
está um calor dos infernos
quantos retalhos de velhice serão recosturados em mortalhas?
quem encomenda pássaros às 5 da manhã?

você diz que não há mais colonização,
em toda parte a terra independente
apenas os vírus e animais não concordam com você
em suas florestas desmatadas estão enterrados
os contos maternos, o baú da bisavó,
a receita do bolo de domingo
meu corpo comicha, eu tento não tocar as ilhotas comichantes,
mas não aguento
e ao invés de comichão acabo com hematomas:
grandes, enormes como as pedras, como os vazios,
como as pupilas dos amantes

словно там изнутри подрывается снаряд,
бах
словно там изнутри все, кто мертв, говорят,
бах
словно каждый синяк это слово, которого нет,
бах
лопнувшие сосуды, как белый мел, помечают
мертвое тело языка на твоей спине
скажешь *мир*, но везде на раздаче война
люди в очереди стоят, спрашивают: *почем*
трогают, торгуются, говорят, что им для праздничного стола.

como se lá de dentro explodisse um projétil,
bum
como se lá de dentro todos os que estão mortos falassem,
bum
como se cada hematoma fosse uma palavra que não existe
bum
os vasos rompidos como giz branco marcam o corpo morto
da língua em suas costas
você diz *paz*, mas em todo lugar a guerra está à venda
as pessoas na fila perguntam: *tá quanto*
tocam, barganham, dizem que precisam dela para a mesa festiva.

нефтяное пятно было сердце его
никого не жалело
и любить не могло

это было пятно
вместо рук и лица,
но оно разлилось
и теперь вся страна
пахнет топливом или
чем-то вроде него

это время такое
нам с тобой не свезло
мы остались без дома
без надежды и сна
и мы снова и снова
ждем когда в зал войдут
и прекрасная женщина скажет, что тут
просто было кино
и все живы-здоровы
и никто не сидит,
это просто перформанс

а мы все дураки

uma mancha de petróleo era o seu coração
não se compadecia com ninguém
e não sabia amar

era uma mancha
no lugar dos braços e rosto,
mas ela transbordou
e agora todo o país
cheira a combustível
ou algo parecido

eis a época
não tivemos sorte
ficamos sem casa
sem esperança e sem sono
e continuamos esperando
quando a bela mulher entrará
na sala e dirá que isso
é apenas um filme
que todos estão sãos e salvos
e ninguém está preso
que é uma simples performance

e que todos somos bobos

белые мальчики сидят в переполненных автобусах, поездах,
самолетах
едут прочь из страны, как отторгнутые организмом
донорские органы,
бегут, пока еще можно шевелить ногами,
пишут маме и папе, переживают,
ныряют в темную воду неизвестности и пустоты

синие мальчики пьют, заливают в себя прозрачный спирт
смотрят пустыми глазами в будущее страны
смотрят друг на друга, убаюкивают смерть
спи, дорогая, еще едем, еще в пути

красные мальчики, как тонкие пальцы государства, кровоточат,
из них вытягивают кровь в тонкую пробирку
им говорят: *немного поболит* и быстро проводят лезвием

а еще есть черные мальчики
черные мальчики лежат на груди земли,
бессильно волочатся их волосы по ветру,
их уши слушают утробу с мертвыми детьми внутри

а девочки? - спросишь ты
девочки, как и всегда в истории этой и не только этой страны,
молча делают важную работу:
провожают, стирают, собирают, убирают, лечат, готовят,
кричат на силовиков,
кричат в военкоматах,
кричат в приграничных зонах,

os meninos brancos estão sentados em ônibus, trens,
aviões abarrotados,
saem do país como órgãos de doadores rejeitados
pelo organismo,
correm enquanto ainda é possível mover as pernas,
escrevem para as mães e pais, se preocupam,
mergulham na água turva do desconhecido e do vazio

os meninos azuis bebem, entornam em si o isopropílico
com olhos vazios olham para o futuro do país
se olham entre si, embalam a morte
durma, querida, estamos indo, ainda estamos a caminho

os meninos vermelhos, como os dedos finos do Estado, sangram,
numa ínfima proveta colhem seu sangue
dizem-lhes: *doerá um pouco*, passam logo uma lâmina

e ainda tem os meninos pretos
os meninos pretos jazem no seio da terra
seus cabelos impotentes arrastam-se ao vento,
seus ouvidos escutam o ventre com crianças mortas por dentro

e as meninas? – você pergunta
as meninas, como sempre na história deste país e não só deste,
fazem em silêncio um trabalho importante:
acompanham, lavam, reúnem, arrumam, curam, cozinham,
gritam com os homens da força*
gritam nos comissariados de guerra
gritam nas zonas fronteiriças

---

* *Silovik* (Силовик), em russo, tem suas raízes na palavra força (сила). O termo tornou-se comum na Rússia durante os anos 1990, sendo frequentemente usado para designar representantes de grupos políticos ligados ao Serviço Federal de Segurança (*Federalnaia Sluzhba Bezopasnosti*), antigo KGB. (N. da T.)

кричат на улицах Тегерана,
кричат в Якутии и в Дагестане

когда женщина начинает кричать, рождается мир

знаешь, как-то мы с родителями ехали в Дербент на машине,
нас остановили гаишники где-то в степях Калмыкии,
выманивали деньги,
и тут моя мама в своем темно-синем платке,
со своей лысеющей головой, со своими пирожками в руках
как вышла и начала на них кричать
маленькие полицейские Калмыкии улетели, как вороны,
стремительно и навсегда
мама села в машину и мы поехали дальше

моя бабушка кормила всю семью своими руками:
шила, вышивала, подгоняла, утюжила,
превращала большие ткани в любимые женские вещи
в приданое, в товары для дома, в пеленки,
а если бы она не умела шить и вышивать?
если бы она не умела кричать?
не крикнула бы мне *"змея"* с грузинского балкона?

когда женщина начинает кричать, рождается мир

раньше я хотела сына, но теперь хочу только дочь,
чтобы она была, как мы с тобой:
две сильные женщины в одной,
чтобы она кричала громче всех

gritam nas ruas de Teerã
gritam em Iacútia* e no Daguestão**

quando a mulher começa a gritar, nasce o mundo

sabe, uma vez fomos de carro com meus pais a Derbent***
fomos parados pela polícia rodoviária nas estepes de Calmúquia****
exigiram dinheiro
neste momento minha mãe com seu lenço azul escuro,
com a sua cabeça então calva, com seus pasteis nas mãos
mal desceu e começou a gritar com eles
os pequenos policiais de Calmúquia voaram como corvos,
rapidamente e para sempre
mamãe sentou-se no carro e nós seguimos em frente

minha avó sustentava toda a família com suas mãos:
costurava, bordava, ajustava, passava,
transformava tecidos grandes em objetos femininos queridos
em dote, em mercadorias para a casa, em fraldas,
e se ela não soubesse costurar e bordar?
se ela não soubesse gritar?
não teria gritado "cobra" para mim da varanda georgiana?

quando a mulher começa a gritar, nasce o mundo

antes eu queria um filho, mas agora quero apenas uma filha,
que ela seja como nós duas:
duas mulheres fortes em uma
que ela grite mais alto do que todos

---

* República de Sakha, divisão federal da Rússia que ocupa metade do Distrito Federal Oriental, sendo o maior estatoide do mundo por extensão. (N. da T.)

** República do Daguestão, divisão federal da Rússia, situada no sudoeste do país. (N. da T.)

*** Cidade da República russa do Daguestão, situada à beira do Mar Cáspio, a norte da fronteira com o Azerbaijão. (N. da T.)

**** República da Calmúquia, divisão federal da Rússia, única região da Europa onde o budismo é a religião majoritária. (N. da T.)

и ее крик заглушал грохот грома,
течение реки,
дыхание пулемета,
ползание танка,
амбиции мужчин,
войну с ее мужским ароматом,
империю с ее безумным желанием,
смерть с ее мужским рукопожатием

кто вообще придумал, что смерть, война и империя это она?

e que seu grito abafe o estrondo
a correnteza do rio
a respiração da metralhadora
o rastejar do tanque
as ambições dos homens
a guerra com seu aroma masculino
a coroa com seu desejo louco
a morte com seu toque de mão masculino

quem inventou que morte, guerra e coroa são femininos?

Россия съела его,
она все повторяла за маму-за папу-за бабушку-за дедушку,
чтобы стать большой-большой,
широко открыть рот и поместить в него всех этих людей
родившихся, умерших, еще не рожденных
пузом наверх
так послаще будет
ох, какая будет сладость со вкусом имбиря, железа,
запекшейся крови,
со вкусом бинта, ваты, алкогольного делирия,
параноидального бреда
такая окрошка на крови
плотные блины с мясом
ест и ест без устали
отца, сына, святого духа,
дедушку, бабушку, мать родную,
ест и ест без устали
вот такая она вечно голодная
вот такая она с руками длинными-длинными
сидит, щурится на детском стуле

вот она, Россия, идет и как рукой хвать
мальчиков-мигрантов, мальчиков-зайчиков
давай поиграем с тобой
ты мне дай, пожалуйста, все-все свои мечты
большие маленькие
ты мне дай, пожалуйста, годы свои, мышцы, органы
я их заверну с собой, залью водкой,

a Rússia o comeu
ela repetia sem parar: uma para a mamãe – uma para o papai –
uma para a vovó – uma para o vovô
para se tornar grande, grande
abrir bem a boca e colocar dentro dela todas essas pessoas
as nascidas, as mortas, as que ainda não nasceram –
de barriga para cima
assim será mais doce
oh, será um doce com sabor de gengibre, ferro,
sangue coagulado,
com gosto de atadura, algodão, delírio alcoólico,
devancio paranóico
uma sopa a base de sangue
grandes panquecas com carne
come, come sem cansar-se
pai, filho, espírito santo
avô, avó, mãe
come, come sem cansar-se
aqui está, sempre faminta
aqui está, com os braços longos, longos
senta-se, apertando os olhos numa cadeira infantil

aqui está, a Rússia, caminha e pega com a mão
os meninos-migrantes, os meninos-coelhinhos
deixe-me brincar com você
me dê, por favor, todos os seus sonhos,
grandes e pequenos,
me dê, por favor, seus anos, músculos e órgãos
vou embrulhá-los para viagem, os cobrirei com vodca

чтобы сохранить на каникулы
знаешь ли, мне тоже надо отдыхать
буду лежать в болоте
ноги вытяну в тине
буду слушать, как ведут хороводы
алкоголики любого российского двора
они будут петь меладзе
они будут целовать портреты
красивых актрис,
о которых можно только мечтать

ах, россия, россиюшка,
что ж ты так поступаешь
ты сначала, жадина, забрала себе брата
в его школьном выпускном костюме
в желтом гробу с рюшами
потом дядю взяла, как сдачу,
он лежал бритый не пьяный впервые
в вонючем коридоре медицинского
общежития,
как черствый хлеб,
забытый в микроволновке,
а теперь смотришь на отца,
ах, дорогая хтонь,
сколько мальчиков
у тебя там в коробке
сколько мальчиков нужно,
чтобы сыграть?

de modo a conservá-los para as férias,
sabe, eu também preciso descansar,
deitarei no pântano
esticarei as pernas no lodo
escutarei como entoam cirandas
os alcoólatras de qualquer casa russa
*eles cantarão meladze**
eles beijarão os retratos
das belas atrizes
com as quais só é possível sonhar

ah, rússia, querida rússia
por que você se comporta assim
no começo, gulosa, você levou o irmão
em seu terno de formatura escolar
em um caixão amarelo com babados,
depois levou o tio, como troco,
ele jazia, barbeado, pela primeira vez sóbrio,
no corredor fétido do alojamento
de medicina
como pão ressecado
esquecido no micro-ondas
agora você olha para o pai
ah, querido chthon
quantos meninos
você tem lá na caixa
quantos meninos é preciso ter
para jogar?

---

* Valéri Meladze (1959) — cantor de música pop de origem georgiana, bastante popular na Rússia contemporânea. (N. da T.)

Posfácio

Maria Vragova

Egana Djabbarova é poeta, pesquisadora e professora de língua e literatura russa. Nascida na Rússia em 1992, na cidade de Ekaterinburg, perto dos montes Urais, que dividem a Rússia europeia e a Rússia oriental, é uma das mais marcantes poetas contemporâneas que escrevem em russo. Em seus livros, vários termos geográficos fazem alusão às fronteiras entre um mundo europeu e cristão e outros — asiático, como a Calmúquia, única região da Europa onde o budismo é a religião majoritária, ou muçulmano, como Derbent, cidade da República russa do Daguestão, situada à beira do Mar Cáspio, ao norte da fronteira com o Azerbaijão, onde os pais da poeta costumavam passar as férias de verão. Egana é filha de migrantes azerbaijanos que um dia partiram para a Rússia.

para transformar a pobreza e as pedras lisas da estrada no
futuro dos seus pais:
ambos morreram sem você

Mesmo tendo nascido na Rússia, devido aos seus traços caucasianos, Egana nunca foi considerada russa pelos próprios russos, sempre foi vista como "filha de pretos" (assim são chamadas com frequência as pessoas do Cáucaso na Rússia), apesar do fato de ser professora de russo como língua estrangeira.

jovem e provavelmente por isso odiada, a mulher não branca
por alguma razão fala de literatura russa,
apropria-se da literatura russa não sendo russa...

O livro *Rus bala* — criança russa, em azerbaijano —, que tive a honra de traduzir a quatro mãos junto com a poeta, professora e tradutora Prisca Agustoni, é uma coletânea de poesia composta por quatro capítulos, nos quais a poeta fala sobre o papel da mulher na sociedade caucasiana, o destino dos migrantes na sociedade russa e o decolonialismo, termo considerado quase como um xingamento em uma Rússia putinista que não reconhece seu passado (e presente) colonizador.

Nos seus poemas, de forte cunho autobiográfico, Egana Djabbarova evoca também nossa fragilidade física. Portadora de uma distonia generalizada secundária, a autora submetida a uma cirurgia cerebral e recebeu um neuroestimulador para recuperar suas capacidades físicas. O diagnóstico de Egana é ainda considerado incurável e a doença continua a progredir.

um detalhe de fabricação
(que mostrou-se inapto para fins funcionais,
assim como para a reutilização)

Graças à ajuda de amigos, a poeta encontrou uma saída para uma severa depressão, retornando à criatividade e começando a descrever artisticamente sua experiência para que a sociedade não considerasse uma pessoa doente como uma pessoa "anormal".

Sua poesia tampouco se cala ao constatar "o corpo de um país em meio a algo que não pode ser nomeado". Ao, denuncia:

foram vocês que nos vestiram com trajes militares e nos obrigaram a entoar canções de guerra
foram vocês que nos prometeram um céu pacífico sobre a cabeça e quebraram a promessa.
nós não acreditamos mais em vocês.
vocês roubaram o nosso futuro, enterraram os nossos sonhos, destruíram o que tínhamos de mais importante
o que vocês dizem em sua defesa?

Egana Djabbarova não vive mais na Rússia. Desde o início da guerra entre a Rússia e a Ucrânia (em 24 de fevereiro de

2022), passou um ano em Taipé, e atualmente aguarda a aprovação de um pedido de asilo político em um campo de refugiados na Alemanha por ser homossexual (razão suficiente para ser presa na Rússia), feminista, e por não compactuar com o regime bélico "com aroma masculino" da Rússia de Vladimir Putin:

uma mancha de petróleo era o seu coração
não se compadecia com ninguém
e não sabia amar

era uma mancha
no lugar dos braços e rosto,
mas ela transbordou
e agora todo o país
cheira a combustível
ou algo parecido

eis a época
não tivemos sorte
ficamos sem casa
sem esperança e sem sono

Podemos dizer que a dualidade, desdobrada em práticas decoloniais e identitárias é um traço marcante da sua poesia. Nos seus textos, a poeta busca uma resposta ao perguntar: "o que resta de você quando a pátria, casa e língua desaparecem, com o que você vai ficar?" No novo mundo desaconchegante que se descortina como um corpo estranho e assustador diante de si, o amor aos próximos (mesmo que estejam distantes) se apresenta como a única salvação para conservar a identidade, justificar a existência e não cair no abismo.

Егана Джаббарова - поэтесса, писательница и кандидат филологических наук. Автор романа-поэмы «Руки женщин моей семьи были не для письма» (No Kidding Press, 2023), поэтических книг «Босфор» (2015), «Поза Ромберга» (2017), «Красная кнопка тревоги» (2020), составительница сборников «Деколониальность: настоящее и будущее» (2021), «Семь текстов о феминизме: обезоруживая гендер» (2022). Преподает креативное письмо в Creative Writing School, Школе литературных практик и Write like a girl. Лауреат премии «Поэтический дебют» журнала «Новая Юность» (2016). Лонг-лист премии Аркадия Драгомощенко (2017), шорт-лист премии Аркадия Драгомощенко (2019). Участница международных антологий «Под одной обложкой» (Казахстан), F-Letter (Англия), DEARS (Швейцария).

Egana Djabbarova é poeta, escritora e doutora em ciências filológicas. Autora do romance *As mãos das mulheres da minha família não serviam à escrita* (No Kidding Press, 2023), e das antologias poéticas *Bosphorus* (2015), *A pose de Romberg* (2017) e *O botão de alarme vermelho* (2020). Seus textos integram ainda as coletâneas *Decolonização: Presente e Futuro* (2021) e *Sete textos sobre feminismo: desarmando o gênero* (2022). É professora de escrita criativa na Creative Writing School, na Escola de Práticas Literárias e na Write like a girl. Vencedora do prêmio *Estreia Poética* da revista Nova Juventude (2016), foi também em duas ocasiões finalista do Prêmio Arkadi Dragomoschenko (2017 e 2019). Seus poemas fazem parte ainda das antologias internacionais Debaixo de uma capa (Cazaquistão), *F-Letter* (Inglaterra) e *DEARS* (Suíça).

Editora Ars et Vita

Ars et Vita Ltda.

Avenida Contorno, 7041/101 | Lourdes | CEP: 30.110-043

Belo Horizonte – MG - Brasil

www.arsetvita.com

Título: **Rus bala**

Título original: **Rus bala**

Revisão

Luiz Gustavo Carvalho

Lolita Beretta

Capa, projeto gráfico e editoração eletrônica

Marcello Kawase

1ª edição – 2024

ARS et VITA

COLEÇÃO polyphonia

Impressão: Midiograf Gráfica e Editora Ltda.

Tiragem: 1.000 exemplares

Tipografia: Minion Pro

Papel: Pólen Bold 90 g/m2